Johannes Wiesendahl

Icerfleot

FSC
www.fsc.org
MIX
Papier aus ver-
antwortungsvollen
Quellen
Paper from
responsible sources
FSC® C105338

Johannes Wiesendahl

Icerfleot

Eine historische Anthologie

Impressum

Bibliografische Information der Deutschen Nationalbibliothek: Die Deutsche Nationalbibliothek verzeichnet diese Publikation in der Deutschen Nationalbibliografie; detaillierte bibliografische Daten sind im Internet über http://dnb.dnb.de abrufbar.

Verlag: BoD · Books on Demand GmbH, Überseering 33, 22297 Hamburg, bod@bod.de

Druck: Libri Plureos GmbH, Friedensallee 273, 22763 Hamburg

ISBN: 978-3-8192-6439-9

Inhalt

August	07
September	11
Oktober	15
November	19
Dezember	23
Januar	27
Februar	31
März	35
April	39
Mai	43
Juni	47
Juli	51

Für Lennart S., der mir immer das beste Feedback
gibt

August

Die Wiesen dufteten nach frischem Heu. Die Grillen zirpten im frischen Heu, welches zum Trocknen in der Sonne lag. Der alte Edmund ging, gestützt auf seinem Stab aus Esche, über die Wiesen und Felder. Es war ein guter Sommer, das wusste er, denn er hatte schon viele gesehen. Da waren verregnete, in denen die Ernte abgesoffen ist und die Strohdächer anfingen zu schimmeln. Dann waren da noch die zu heißen Sommer, in denen die Ernte verbrannte und man kaum vor die Tür gehen konnte, ohne einen Hitzeschlag zu bekommen. Einen Sommer hatte es sogar Schnee gegeben, woraufhin der Dorfpriester Ealdred von einem Zeichen Gottes gesprochen hatte.

Und ja. Im Jahr darauf kamen die ersten Meldungen von Langbooten. Die Dänen waren an die Küste Mercias gekommen. Ihr Dorf blieb verschont. Die Dänen, die in der Sprache Edmunds als Wikingr bekannt waren. Plünderer, die vom Norden übers Meer kamen und sich nahmen, was nicht niet- und nagelfest war, Kinder und Frauen versklavten und die Männer abschlachteten. Verdammte Heiden, die der Teufel aus der Hölle gespien hatte. Zumindest behaupteten das die Priester dieser Zeit.

Edmund wusste es besser. Einst war ein Krieger gewesen. Und er hatte Dänen getötet. Damals war er jung, groß und stark und in jeder seiner Bewegungen lag Kraft. Heute war er tatterig und jeder Schritt war eine Anstrengung. Doch damals als junger Mann hatte er einen ihrer Anführer im Zweikampf gestellt und bluten lassen. Der Anführer war jung gewesen, vielleicht etwas älter als Edmund. Doch handelte der Feind unüberlegt, ließ seine Deckung fallen, um seinen Schild mit seiner Axt hinunterzureißen. Edmund aber wich seinem Hieb zur Seite hin aus und stieß mit dem Schild den Dänen zu Boden. Danach war es nichts anderes als das Schlachten eines Schweins.

Edmund grinste wie ein Junge, als er sich an diesen August vor sechzig Jahren erinnerte, dann wurde ihm sein Alter schmerzhaft gewahr und sein Lächeln verflog mit einem Hauch des Windes, der das Lachen und Schreien von Kindern mit sich trug, die auf einer nahegelegenen Wiese einen kleinen Schildwall mit Stöcken als Schwertern aufgebaut hatten. Bald würden sie aufeinander losgehen. Nur, dass am Abend alle wieder heimkehren würden.

September

Knut war wiedergekommen. Er war zwar ein Däne, oder Norweger, wie er sich nannte, doch das war egal. Aethelred jedenfalls erfreute sich, seinen Freund, den hochgewachsenen Krieger wiederzusehen. Als er hörte, dass er kam, hatte er schnellstmöglich seine Stute satteln lassen, um ihm über die Weiden, auf denen Schafe und Rinder die letzten warmen Tage verbrachten entgegenzureiten. Es war ein schöner Tag und die Sonne schien, während sein roter Wollumhang, der mit einer silbernen Fibel zusammengehalten wurde, in der leichten Brise wehte. Er ritt einen kleinen Hügel im sonst flachen von Feldern und Wiesen geprägtem Land hinauf, um sich einen Überblick zu verschaffen. Und tatsächlich: Am Horizont wehte Knuts Banner mit dem in sich verschlungenen roten Drachen auf weißem Grund. Natürlich konnte Aethelred es noch nicht recht erkennen, doch wollte er es glauben. Und so trieb er sein Pferd zum Galopp an, um seinen Freund zu begrüßen.

Eigentlich hätte er sich um die Bittsteller kümmern müssen, denn er war der Fürst des Dorfes Icerfleot, der auch als Thegn bezeichnet wurde. Doch als er von der Heimkehr seines Freundes und obersten Huscarl hörte, waren die Bittgesuche für den sonst so gewissenhaften Aethelred wie vergessen. Der König hatte gefordert, dass jeder Thegn in der Nähe zur Mündung des Humbers mindestens einen Krieger schicken sollte, und dieser war Knut gewesen, den Aethelred liebte.

Als er ihm begegnete, war Knut ein Sklave gewesen. Aethelred war damals fasziniert von dem blonden Mann mit dem langen Schnauzbart, der etwa im selben Alter war. Knut machte sich gut als Diener und war zugleich wissbegierig, eine Eigenschaft die Aethelred sehr schätzte und dafür sorgte, dass Knut bereits nach einem Jahr die Sprache der Mercier -Aenglisc- sprechen konnte. Und so begannen sich die beiden irgendwann zu unterhalten, sich von ihren Kulturen zu erzählen, gemeinsam Wein zu trinken und früher oder später ließ Aethelred den Norweger Knut frei und machte ihn zu seinem Verwalter und Huscarl, auch wenn sie zu diesem Zeitpunkt schon mehr Verband als nur die Freundschaft.

Der Thegn hatte seinen besonderen Freund nun fast erreicht und da bemerkte er es. Bemerkte den Fehler, den er gemacht hatte. Das Banner zeigte nicht Knuts Drachen, es zeigte eine rote Axt. Dieses Banner war dem Thegn unbekannt und der Mann, der es wehen ließ, glänzte in der Sonne, denn er trug einen eisernen Helm mit einer schnabelartigen Gesichtsmaske und einen Ringpanzer. An der Seite seines Fuchs-Pferdes hing ein weiß bemalter Schild, mit eben jener roten Axt. Aethelred hatte kein Schwert dabei, doch er zog wutentbrannt seine Saxe. Eine kürzere, doch ebenso scharfe, einschneidige Klinge. Er gab seinem Pferd die Sporen, trieb es auf den zu, der offensichtlich ein Däne war. Auch der Däne trieb sein Pferd an. Er schien aber nicht überrascht. Nein, er wirkte gar erfreut über diesen Zufall -zumindest dem widerwärtigen Lächeln auf seinen Lippen nach zu Urteilen. Dann senkte der Däne einfach das Banner, dessen Spitze eine Speerspitze zierte und stieß die Spitze als Aethelred ihn fast erreicht hatte nach vorne. Der guckte nur noch überrascht, als der Speer ihn

durchbohrte und sein Blut das Banner endgültig
rot färbte.

Oktober

Edgar verstand die Welt nicht mehr. Der Thegn war tot, und sein gerade 15-jähriger Neffe sollte sein Erbe antreten. Währenddessen gingen Gerüchte um, dass die Dänen in der Nähe ihr Winterlager aufgeschlagen hatten. Und doch ging alles ganz normal weiter und so steuerte er den Pflug, der durch ein Ochsengespann gezogen wurde. Es war die Zeit, Wintergetreide zu säen. Das Wetter an jenem Tag war gut, obwohl die ersten Herbststürme schon gewütet hatten. Aber dennoch lag etwas Übles in der Luft. Es lag etwas Übles in der Luft, seit Aethelred tot auf der Straße gefunden wurde. Es lag etwas in der Luft, seit den Gerüchten über die Dänen, die ihre Lager in den umliegenden Wäldern haben sollten und wie die Teufel über ein Dorf nach dem anderen herfielen. Es war der beißende Geruch von Rauch.

Der Dorfpriester Brunulf predigte von nichts anderem mehr, ja es schien ihm fast schon Spaß zu machen, die Kinder und auch einige der Erwachsenen mit seinen haarsträubenden

Geschichten über die Dänen zu ängstigen. Die Dänen seien Teufel und Dämonen, behauptete er. In einer Predigt rief er aus: "Heidnische Teufel und Dämonen! Nichts anderes sind die, die ihr Dänen nennt, sind nur Teufel und Dämonen. Ausgeburten der Hölle! Sie haben Reißzähne und Krallen, essen unsere Kinder und schänden unsere Frauen! Doch Gott ist gut. Gott ist gut, Schwestern und Brüder! Er wird uns retten, wenn wir nur an ihn glauben und ihn preisen."

Danach hatte Brunulf einen Kopf so rot wie sein spärliches Haar und schaute mit den Augen eines Wahnsinnigen seine Gemeinde an. Die war schockiert über die Berichte des Priesters. Nur Edgar und der alte Edmund standen dort mit verschränkten Armen. Sie waren Vater und Sohn und von seinem Vater wusste Edgar, dass die Dänen Männer waren wie er auch und er wusste, dass man sie töten konnte. Oft hatte sein Vater die Geschichte von seinem ersten toten Dänen am Feuer erzählt.

Edmund war alt geworden. In den letzten Monaten bemerkte Edgar es mehr als zuvor. Der Alte sprach leiser und war im Allgemeinen besonders tatterig. Und dann waren da noch die Abende, in denen der Alte, abgeschottet von der Welt und mit Trauer im Blick ins Feuer starrte. Edgar sorgte sich in diesen Wochen um seinen Vater, und er wusste, dass sich alles gerade veränderte: Sein Herr war gestorben, seines Vaters Verantwortung ging immer mehr auf ihn über und es war nur noch eine Frage der Zeit, bis die Dänen kommen würden.

November

Es war einer der wenigen Tage, an denen Brunulf nicht über die Dänen predigte. Nein, heute war der Namenstag eines Heiligen. Noch dazu des Heiligen, der Patron der Kirche war. Der junge Aethelred lauschte dem Priester. Aethelred, der zuvor als der jüngere bezeichnet wurde und sich nun daran gewöhnen musste, nur noch Aethelred zu sein. Sein Onkel war Aethelred der Ältere gewesen und hatte ihn erzogen. Nun war er tot, und Aethelred war der nun Thegn und Hlaeford, der Brotgeber des kleinen Dorfes. Und es war ein denkbar ungünstiger Zeitpunkt, denn der unerfahrene Neffe des ehemaligen Thegns musste sich nun mit der Gefahr der überwinternden Dänen stellen. Wäre doch nur Knut noch hier. Dieser war ein erfahrener Krieger und hatte den jungen Herrn im Waffengang unterrichtet.

"Er zog sein Schwert und schnitt seinen Mantel entzwei, um dem Bettler die eine Hälfte zu geben. Der Bettler wollte danken, doch Martin war schon fort. Schwestern und Brüder, Martin ist ein

Vorbild in Christlichkeit. Er ist freigiebig zu den Armen ohne eine Gegenleistung zu erwarten. In dieser Nacht ist ihm deshalb auch Christus -der Leibhaftige- erschienen. Er hatte Martin geprüft und so, in seiner Gnade, die Heiligkeit des heiligen bewiesen."

Aethelred kannte die Predigt bereits, weshalb er, statt seinem Beichtvater zu lauschen, die Gedanken schweifen ließ. Die Bauern sprachen von einem milden Winter, da die Eichen nicht viele Eicheln getragen hatten. Andererseits waren sie darüber verdrießlich, da sie fürchteten, dass es nicht mehr genug Eicheln gab für alle die ihre Schweine zur Eichelmast hinaustreiben wollten. Dic Dänen wären schon längst vergessen, würde Brunulf nicht müde werden über sie zu predigen. Aethelred stöhnte leise bei dem Gedanken an die morgige Predigt. Dennoch, es war in letzter Zeit erstaunlich ruhig geworden um die Dänen. Man erzählte sich zwar, dass sie sich in den umliegenden Wäldern niedergelassen hatten, doch sie verhielten sich ruhig.

Sorgenfalten, wie von Pflugscharen gezeichnet, bereitete ihm eher Fleotenham. Die Thegn des benachbarten Dorfes lagen mit der Familie Aethelreds schon seit Generationen in einer Blutfehde. Zuletzt hatten sie sich ruhig verhalten, doch seit dem Machtwechsel zu ihm, dem jüngeren unerfahreneren Aethelred, witterten sie ihre Chance Aethelreds Familie zu Schaden, wie Schweißhunde das versteckte Wild wittern. So nahm die Zahl der Viehdiebstähle stetig zu. Seine Bauern beschwerten sich fast täglich bei dem jungen Fürsten und er wollte ihnen helfen, doch er hatte einfach nicht genug Männer.

Der Priester hatte zu Ende gepredigt und die Eucharistie stand an. Aethelred hatte als Fürst das Vorrecht auf diese. Er hatte gar nicht bemerkt, wie es still in der Kirche wurde und wie ihn alle anstarrten. Er bemerkte es erst, als Brunulf sich räusperte. Aethelred löste sich aus seiner Verspannung und formte die Hände zu einer Schale. Unterdessen hob Brunulf symbolisch ein Stück Brot an und sprach feierlich: "Der Leib Christie."

Dann legte er das Stück Brot in die Hände des jungen, von Sorgen geplagten Thegns. Dieser aber erwiderte: Amen!", bevor er sich das Stück Brot in den Mund steckte.

Dezember

Eadgifu saß an der Tafel ihres zukünftigen Gemahls. Das Fasten der Adventszeit war vorbei und die Tage um die Geburt Jesu brachten Festmahle mit sich. Festmahle, die wie sie wusste, eigentlich zu teuer waren für das Dorf Icerfleot. Sie wusste es aus erster Hand: Sie war mit dem neuen Thegn verlobt und verwaltete für ihren Vater den größten Hof, nach dem Hofe des Thegns. Die Viehdiebstähle, die nach dem Tod des ehemaligen Thegns zugenommen hatten, sorgten dafür, dass der Winter hart für das Dorf wurde. Noch musste zwar niemand Hunger leiden, doch es würden im nächsten Frühjahr Tiere für die Nachzucht fehlen.

Sie versuchte den Gedanken abzuschütteln. Von ihr wurde erwartet zu essen. Von ihrem Verlobten wurde erwartet zu essen, auch wenn er dieselben Sorgen hatte. Die Stimmung an der Tafel war entsprechend gedämpft. Alle aßen sie langsam, in ein unangenehmes Schweigen gehüllt. Alle außer Brunulf der Priester. Dieser aß, als hätte er die letzten Wochen nichts gegessen, obwohl sein Wohlstandsbauch von etwas anderes kündete, dachte Eadgifu und lächelte unwillkürlich, was ihr einen strengen Blick ihres Vaters einbrachte. Er war stets drauf bedacht, dass sich seine Familie von der besten Seite zeigte. Insbesondere Eadgifu. Denn sie würde in den Adel aufsteigen und so seine Familie vor diesem repräsentieren.

Ihr Verlobter allerdings erwiderte ihr Lächeln und einen Augenblick starrten sie sich peinlich an. Dann räusperte sich Eadgifus Vater, Beornod, streng und das junge trennte seine Blicke voneinander. Ja, ihre Blicke sprangen, wie erschrockene Rehe ins Gebüsch springen, auf ihre Teller und blieben dort, während beider Wangen erröteten und wieder diese unangenehme Stille eintrat, nur unterbrochen von dem Schaben von Brunulfs Löffel auf seinem Teller.

Schließlich blickte der Priester auf, als er sich der Stille gewahr wurde. Mit halb vollem Mund stellte er die Frage: "Gibt es, werte Herren, denn schon Pläne bezüglich des Zeitpunkts der Hochzeit?"

Eadgifu erstarrte. Kalte Wut kochte in ihr auf. Hatte sie denn nichts zu sagen? Sie verwaltete den ganzen Hof und Haushalt ihres Vaters und jetzt sollte sie kein Wort mitzureden haben? Aethelred verschluckte sich, starrte nervös zwischen dem Priester und Beornod hin und her, bis sein Blick auf Eadgifu ruhen blieb. Beornod allerdings erhob nach einem Augenblick die Stimme: "Sobald der Herr Aethelred die Mitgift aufbringen-"

"Wir heiraten, wenn ich es sage!", schnitt Eadgifu wütend ihrem Vater das Wort ab, und sprang auf. Sie eilte aus der Halle ihres Gastgebers und Verlobten, rannte dabei beinahe einen jungen Hauskrieger um und während sie in die kalte Winternacht hinauslief, waren auf ihrem Gesicht heiße Tränen des Zorns. Des Zorns über ihren Vater, der sie verschacherte wie eine Sklavin oder eine gute Kuh. Doch sie war mehr als das. Aethelred wusste das. Ihn schätzte sie für seine Einsicht.

Der Wächter begann zu sprechen: "Herr, wir haben einige der Viehdiebe gef-"

Dann wurde die Tür verschlossen und Eadgifu stand in der dunklen Nacht.

Januar

Der Schnee lag hoch an den Wegesrändern. Die Kinder des kleinen Dorfes veranstalteten Schneeballschlachten. Es war der erste Tag seit Wochen, an dem es nicht schneite und an dem die Sonne schien. Bald aber würde wieder neuer Schnee fallen. Redwald spürte es in seiner Schulter, die dereinst von einem Speer durchbohrt worden war. Es war ein Bluttag gewesen, ein Schwerttag. Sein erster Schildwall, ein Kampf gegen die Dänen. Damals war er gerade zwanzig. Nun war er über vierzig und Krieger folgten ihm durch Mercien. Ein Land, das ihn nicht zu wollen schien. Nein, es war nicht das Land, das ihn nicht wollte, vielmehr war es sein König, Burgred, der einen Groll gegen den Kriegsherrn hegte, und ihn zum geächteten erklärt hatte. Redwald konnte ihn verstehen. Burgred konnte keinen Vasallen gebrauchen, der ihn als schwachen König diskreditierte, weil er die Dänen plündern ließ und ihnen, seit Snotengaham, nichts entgegensetzte. Und dann war da noch Ceolwulf, die falsche Schlange! Ein Alderman des Königs, der ihn in der Angelegenheit mit den Dänen beriet. Doch er sprach mit gespaltener Zunge, riet dem König ständig vom Angriff auf die Dänen ab.

Und dann, als die Dänen das Kloster Medhamsted niederbrannten, diesen heiligen Ort lichterloh brennen ließen! Als der Bote, ein Geistlicher und Freund Redwalds eintraf, war seine Geduld mit dem König am Ende gewesen und das ohnehin schon strapazierte Wohlwollen Burgreds endete abrupt mit der Verbannung von Redwald und seinen Männern.

Nun war er in Icerfleot, wo er und seine Truppe unerwartet Unterschlupf fanden. Der Grund dafür waren ohne Zweifel die Dänen in den Wäldern.

Die Kinder des Dorfes bewunderten seine Männer und ihn. Sie waren allesamt großgewachsen, hatten Helme, Kettenhemden, Schwerter, Spieße und Schilde. Sie waren Männer aus Eisen, die mit Blut getauft wurden. Sie waren, zumindest für die Kinder, Helden. Redwald hatte die Kleinen, die ihm und seinen Männern auf Schritt und Tritt folgten schnell ins Herz geschlossen.

Er selbst hatte nie Kinder bekommen, und nun wähnte er sich zu alt, um möglichen Kindern ein guter Vater zu sein. Dennoch, das Lachen von Kindern war schon immer seine größte Freude gewesen. Innerlich war er sich sicher, dass das Dorf verloren war, wenn die Dänen kommen würden. Doch er hatte sich geschworen, die Kinder zu beschützen. Er wusste, dass es töricht und leichtsinnig war, doch er konnte nicht anders. Er schollt sich jeden Abend, wenn er allein in seiner Kammer war, dass er seine Männer nicht rettete und zur Küste brachte, um nach Frankia überzusetzen. Es schien die Lösung zu sein. Doch dann tröstete er sich mit dem Gedanken, dass er seinen Trupp durch die Wand aus Dänen, die die Ostküste kontrollierten führen müsste, was einen sicheren, aber sinnlosen Tod versprach. Da sollten sie doch lieber für etwas Größeres sterben, auch wenn dieses Größere die Kleinen waren.

Februar

Es war kalt draußen. Es war eine eklig feuchte Kälte, die Edmund bis ins Mark fuhr. Der Winter hatte ihm nicht gutgetan. Zitternd lag unter mehreren Decken und er wusste: Er stand am Ende seines Lebens.

Komisch... warum dachte er jetzt an Knut. Er war ein Krieger wie er gewesen. Der Huscarl des verblichenen Thegns. Oh, er hatte den Thegn aufwachsen sehen. Und er hatte gesehen, wie aus dem Lausbuben ein stattlicher, junger Mann wurde. Er war sein Schüler in der Waffenkunst gewesen. Zum Dank hatte der damalige Thegn Aelfred ihm einen seiner Höfe geschenkt. Doch nun hatte er selbst den damals jungen Thegn überlebt. Seine Gefährten hatte er überlebt. Seinen Herrn hatte er überlebt. Nur die Dänen würde er nicht überleben. Das wusste er. Er dachte an Knut, den treuen Norweger und wie er ihm einst von der heidnischen Halle der Gefallenen erzählt hatte. Walhall. Dort wo jene Krieger, die mit der Waffe in der Hand starben, ein

Fest feierten zu ehren einer der heidnischen Götter. Insgeheim fand Edmund diese Vorstellung sehr ansprechend. Er wäre wieder jung und vereint mit seinen einstigen Freunden und Gefährten, die mit der Waffe in der Hand starben. Und er wäre wieder jung und stark.

Edmund schlug seine Augen auf. Edgar. Sein geliebter Sohn Edgar. Er wachte an der Bettstatt Edmunds.

"Sohn", sagte der Alte mit schwacher Stimme.

"Vater!", Edgar schreckte auf. "Was ist los? Soll ich dir noch eine Decke holen?"

"Nein", die Stimme Edmunds gewann wieder etwas an Kraft. "Mein Schwert sollst du mir bringen. Und sattle Klepper."

Klepper war keines der Arbeitstiere. Nein Klepper war ein echtes Schlachtross und der Nachfahre seines damaligen Hengstes.

"Klepper? Dein Schwert?", fragte Edgar. "Vater, du bist im Fieberwahn!"

"Ich bin nicht im Fieberwahn!", brauste der Alte auf. "Und jetzt tu, was ich sage!"

Der Blick Edgars verfinsterte sich: "Ja, Vater."

Edgar wollte gerade zur Türe raus, da begann Edmund wieder zu sprechen. Diesmal mit milder Trauer in der Stimme: "Edgar. Es tut mir leid. Ich liebe dich."

"Ich dich auch Vater."

An jenem Abend ritt Edmund in den finsteren Wald. Er ritt zu den Dänen. Nach einer Weile saß er ab und verscheuchte Klepper, dass er zurück zu seinem Hof finden würde. Dann ging er zu Fuß weiter, bis er zu einem Lager der Dänen kam.

Mit einem Mal fühlte er sich wieder jung. Sein Schwert war wieder leicht und er rief: "Ich bin Edmund Eisenseite! Ich kämpfe für Walhall!

März

Helga wusste nicht, was sie tun sollte. Schwanger! Schwanger war sie. Sie trug ein Kind unterm Herzen! Dazu noch das Kind ihres Besitzers. Helga war eigentlich nur eine einfache Küchensklavin im Haushalt des verstorbenen Edmunds. Eigentlich.

Als sie fünfzehn war, war sie mit den Langschiffen ihres Volkes aus Friesland über die Nordsee gekommen, um eine neue Heimat zu finden. Doch statt einer neuen Heimat fanden sie nur Sachsen. Es kam zu einem Scharmützel. Die Männer wurden alle getötet und die Frauen und Kinder auf den Sklavenmarkt gebracht. Sie verbrachte kein Jahr unter den elenden Zuständen auf dem Sklavenmarkt, bis sie der alte Edmund sie mitleidig ansah und sich kurzerhand entschieden hatte sie zu kaufen. Das war jetzt fünf Jahre her. Fünf Jahre. Wie viel sich verändern kann in so kurzer Zeit. Vor fünf Jahren war sie noch ein Kind gewesen und aus gutem Hause. Ihr Vater war der Eigner der drei Langschiffe gewesen, mit denen ihre Familie und ihre Leute übergesetzt waren. Jetzt war sie endgültig erwachsen geworden. Nun war sie eine Sklavin. Kein Vergleich zu dem, was sie kannte, doch sie hatte sich an das neue Leben gewöhnt.

Edmund ließ seine Sklaven zwar nicht frei, doch er behandelte sie mit Respekt. Bei Edmund waren sie nicht niedriger gestellt als ein bezahlter Arbeiter und der Sohn Edgar hielt es ebenfalls so. Doch insbesondere ihr war der junge Herr zugewandt. Und auch sie war ihm gegenüber nicht abgeneigt. Die beiden waren im selben Alter und schon als sie sich das erste Mal sahen, gab es da dieses Band zwischen ihnen. Ein Band, welches dafür sorgte, dass ihre Blicke sich immer wieder trafen und voneinander angezogen wurden, als würden sich ihre Blicke miteinander verknoten. Schließlich begannen sie sich miteinander zu unterhalten. Sie redeten meistens heimlich, nachts, um im Dorf keine Gerüchte zu streuen. Sie sprach von den Helden ihres Landes und von den Taten ihres Vaters, er sprach von Helden wie Beowulf und den Taten seines Vaters. So redeten sie die Nächte durch und tagsüber schmachteten ihre Blicke aufeinander.

Und dann geschah es. Es herrschte, nach einer halben Nacht der Geschichten und der Unterhaltung, einer dieser ruhigen Momente, von denen Helga wusste, dass die Nornen, die Frauen des Schicksals, lachend die Geschicke der Welt lenkten. Nun hatten sie sich dazu entschlossen, die Fäden von Edgar und ihr unauftrennlich zu verweben.

Schweigend saßen sie auf dem Strohboden im Stroh, als sich ihre Blicke endlich trafen. Die Nornen lachten, als Helga und Edgar beide spürten, wie ihre Lippen voneinander angezogen wurden. Sie wehrten sich nicht dagegen, denn es fühlte sich gut an, es fühlte sich richtig an. Bald, endlich trafen ihre Lippen aufeinander. Aus einem Funken wurde ein ewig brennendes Feuer der Liebe entfacht.

Doch nun war Helga schwanger. Schwanger von Edgar. Und sie wusste nicht, wie er darauf reagieren würde. Seit dem Tod seines Vaters war er so distanziert von allen und er übte sich mit der im letzten Dezember angekommenen Kriegertruppe im Kampf mit Schwert und Spieß.

Auch er war erwachsen geworden und neuerlich auch ernster als zuvor.

April

Edgar war himmelhoch jauchzend und doch zu Tode betrübt. Helga war schwanger. Vor ein paar Tagen hatte sie es ihm erzählt. Vor ein paar Tagen hatte sich seine Welt endgültig verändert. Er war nun der Herr über einen großen Hof. Eine Aufgabe, für die er über Jahre vorbereitet wurde. Doch Vater sein?! Das hatte er nicht gelernt. Darauf war er nicht vorbereitet. Vor allem jetzt, da die Dänen in den Wäldern hockten und wie Wölfe nur darauf warteten, über das Dorf herzufallen. Der beißende Gestank von brennenden Hütten hatte im Winter zwar nachgelassen, doch nun, als der Frühling anbrach und Leben bringen sollte, brachten die Dänen wieder Feuer und Tod.

Es konnte nicht mehr lange dauern, bis sie auch über Icerfleot herfielen. Er war froh um den Umstand, dass die Kriegstruppe von Redwald im Dorf residierte und es erfüllte ihn mit Stolz, dass sie ihn ausbildeten. Und jetzt, da die Dänen kamen und sein Kind bedrohten, intensivierte er seine Anstrengungen. Er war erwachsen geworden, doch gegenüber Helga wusste er nicht, welches Verhalten er nun anbringen sollte. Er war streng genommen ihr Besitzer. Sie stand am unteren Ende der Gesellschaft, während er mit dem Thegn eng befreundet war. Und doch. Und doch, er liebte sie und er konnte sie freilassen, wenn er wollte. Er würde sie freilassen.

Die Osterzeit war gekommen. Brunulf predigte von Vergebung und die Herden von Edgar bekamen ihren Nachwuchs. Die Nachzucht war, dank der Raubzüge ihrer werten Nachbarn und denen der Dänen, magerer als zuvor, aber sie würden durchkommen und noch genug Tiere für die Nachzucht haben. Die Sonne schien an jenem hohen Feiertag und Edgar ließ nach Helga rufen. Er hatte mit einem Leinentuch und ein paar Schäften von Jagdspeeren ein kleines Sonnensegel mitten auf einer seiner Wiesen aufgeschlagen. Als er gerade fertig war und sich Schweiß von der Stirn wischte, erschien bereits Helga. Sie war wie eine Lichtgestalt, mit blondem Haar, das im Wind wehte. Unter anderen Umständen wäre sie vielleicht fröhlich über die Wiese auf ihn zu gerannt, doch nun ging sie einfach auf ihn zu, lächelte zwar, doch es war ein ernstes Lächeln.

"Helga, ich-", Edgar stockte. Er wusste nicht, was er sagen sollte. Er hatte sich lange überlegt, was er sagen sollte, doch nun, unter dem Sonnensegel stand er steif vor ihr und nur drei Worte kamen in seinen Kopf: "Ich liebe dich!"

Helga schwieg, doch Edgar schienen die Worte nun nur so zuzufliegen: "Ich liebe dich, Helga. Ich liebe dich Helga, meine freie Frau. Und ich liebe unser Kind und ich werde alles tun, um für euch zu kämpfen! Helga, willst du meine Frau werden?"

Beim letzten Satz fiel er auf ein Knie und drückte ihre Hände an sein Gesicht. Helga schwieg noch immer.

"Willst du meine Frau werden?"

Dann zurückhaltend wie ein scheues Reh entwich es ihrem Mund leise: "Ja."

Und dann plötzlich nicht mehr schüchtern und zurückhaltend, sondern fröhlich wie das blühende Leben: "Ja! Ja! Ja! Ich will!"

Mai

Es war ein schöner Tag kurz vor Pfingsten. Die Sonne schien, Vögel zwitscherten und keine Wolke war am Himmel zu sehen. Alles schien perfekt zu sein, doch Aethelred war es unwohl. Er schwitzte unter dem teuren Wollumhang, der mit einer silbernen Fibel auf seiner Schulter verschlossen war. Weiterhin war ihm schwindelig und er war nervös, sodass er die ganze Zeit an dem silbernen Kreuz spielte, das um seinen Hals hing. Der süße Würzwein, der seine Nerven beruhigen sollte, hatte einen gegenteiligen Effekt und drückte ihm zudem noch auf seine Blase.

Sein Freund aus Kindertagen, Edgar, stand bei ihm und lächelte verschmitzt. Er hatte zum Ende des letzten Monats seine ehemalige Sklavin geheiratet. Es war eine schöne, wenn auch einfache Hochzeit gewesen. Doch zwischen den beiden war es anders gewesen. Die beiden hatten aus Liebe und nicht aus Politik geheiratet. Aethelred fühlte durchaus Zuneigung zu Eadgifu und Eadgifu schien durchaus auch etwas für ihn zu fühlen.

"Es wird schon alles gut gehen", versuchte Edgar zu beschwichtigen.

"Ich bin mir da nicht so sicher", nuschelte der Bräutigam und fingerte wieder an dem Silberkreuz herum.

"Was soll denn bitte schiefgehen?", fragte Edgar nun. Er wurde leicht aufbrausend und der Wein lockerte langsam seine Zunge. "Was soll schiefgehen, Aethelred? Schon als wir Kinder waren, seid ihr immer ein Herz und eine Seele gewesen. Also Aethelred: Was soll schiefgehen?"

"Ich weiß es nicht" Aethelred hatte keine Lust mehr auf die Belehrungen seines Freundes, auch weil er wusste, dass er recht hatte.

"Dann ist ja gut!", erwiderte Edgar. "Und jetzt raus mit dir!"

Selbst in der hölzernen Kirche, als er vor dem Altar stand, hatte Aethelred noch seine Zweifel an der ganzen Angelegenheit. Eadgifu liebte ihre Freiheit. Sie war wie ein Vogel und die Ehe wäre für sie wahrscheinlich wie ein Käfig. Aber hier stand sie und trug ihr rabenschwarzes Haar in geflochtenen Zöpfen und war ebenso nervös wie er selbst.

Aethelred erinnerte sich noch lebhaft an den Weihnachtsabend, an dem Eadgifu aus seiner Halle gestürmt war. Sie würden heiraten, hatte sie damals gesagt, aber erst, wenn sie bereit wäre. War sie bereit? Das würde sich bald zeigen.

"Willst du Aethelred die hier anwesende Eadgifu zu deiner rechtmäßig angetrauten Ehefrau nehmen und sie lieben und ehren, bis dass der Tod euch scheidet?", fragte Brunulf feierlich seinen Thegn.

Der antwortete, wobei ihm zunächst die Stimme wegblieb und er sich räuspern musste: "Ja, ich will!"

"Und willst du Eadgifu den hier anwesenden Aethelred zu deinem rechtmäßig angetrauten Ehemann nehmen und ihn lieben und ehren, bis dass der Tod euch scheidet?"

Eadgifu zögerte, dann sagte sie schließlich...

Juni

Viel war zu dieser Zeit im Jahr zu tun. Ihr Mann - es war immer noch ungewohnt, ihn so zu nennen -, Aethelred, war nun vor allem mit den Höfen beschäftigt, die Heu machten und sich auf die Ernte vorbereiteten. Die ersten Felder würden bald bereit sein für die Arbeit mit der Sichel und aus den Scheunen würde bald das Trommeln der Dreschflegel ertönen. Das gab Eadgifu die Freiheit, das restliche Dorf zu verwalten.

Sie liebte es, die Verwaltung zu übernehmen und schon als Kind hatte sie begonnen solcherlei Aufgaben auf dem Hof ihres Vaters zu übernehmen. Bereits im Alter von neun Jahren hatte sie Pläne entwickelt wie viel Vieh für die Nachzucht notwendig sei. Mit fünfzehn rechnete sie aus und protokollierte, wie viel Getreide pro Morgen für die Aussaat verwendet wurde. Seither führte sie die Geschäfte des väterlichen Hofes und nun die des Hofes ihres Ehemanns. Diese selbstständige Verwaltung war die größte Freude, die sie sich vorstellen konnte und sie war ihrem

Mann dankbar, dass er ihr diese Freiheit gewährte, denn sie wusste, in anderen Ehen war die Frau nur für den Haushalt und die Kinder zuständig. Hier durfte sie Verträge mit Handelspartnern von anderen Gehöften schließen. Hier durfte sie die Geschicke des Dorfes mit ihrem Mann gestalten.

Doch es war nicht nur schön, diese Aufgabe. Die Gerüchte kochten, wie der gewürzte Getreidebrei, der an diesem Morgen zubereitet wurde. Die Dänen waren seit dem vergangenen März wieder aktiv. Man erzählte sich, dass sie an der Flussmündung mittlerweile ein eigenes Dorf aufgebaut hatten und sich ausstatteten mit den Ressourcen die eigentlich den umliegenden Ansiedlungen gehörten. Von ihrer Cousine hatte sie das Gerücht gehört, dass das verfeindete Dorf Fleotenham die Dänen bezahlt hatte, als Nächstes in Icerfleot zuzuschlagen.

In jenen Tagen verbrachten ihr Mann und sie viel Zeit mit Redwald, denn er war ein Kriegsherr. Er hatte Krieger, er konnte den Dörflern zumindest die Grundlagen des Kampfes beibringen und er kannte die Dänen, wusste, wie sie kämpften und so verbrachten sie viel Zeit mit der Planung der Handlungen im Falle eines Angriffs der Dänen.

"Warum schlagen wir nicht zuerst zu, jetzt, da wir Krieger haben?!", hatte Aethelred einmal gefragt. Er neigte dazu, emotional zu werden, wenn es um sein Dorf und das Vermächtnis seines Onkels ging. Sie konnte ihn verstehen.

"Ich greife keine Mercier an. Und ein Angriff auf die Dänen wäre reiner Selbstmord", erwiderte der Kriegsherr ernst.

"Also liegt unsere einzige Möglichkeit in der Defensive?"

"Ja, Herrin. Allerdings kann es sein, dass wir die Dänen wahrscheinlich nur eine Weile aufhalten können. Also wird es an euch liegen, Herrin, die Frauen, Kinder und Alten mit dem Vieh in die Wälder zu bringen. Versteckt euch dort. Wenn wir können, kommen wir nach."

"Verstanden", sagte Eadgifu kalt.

Juli

Redwald trug nach langen Wochen wieder seinen Ringpanzer. Das vertraute Gewicht umspielte seinen Oberkörper, und das Gewicht seines Schwertes hing an seiner Seite und löste ein wohliges Gefühl aus. Die Kinder. Er dachte an die Kinder, die die Herrin hoffentlich schon in die Wälder geführt hatte. Sein Diener Offa war selbst fast noch ein Kind. Er reichte ihm gerade seinen Helm. Es war der Helm eines Kriegsherrn, mit einem bronzenen Eber auf dem Kamm und mit Bronze beschlagenen Wagenstücken, auf denen kleine Drachen eingraviert waren. Für einen Moment betrachtete er den Helm, bevor er ihn sich über das mittlerweile ergraute Haar stülpte und den Duft von Leder und Schweiß einsog und ihn einen Moment genoss.

"Wenn die Schlacht beginnt, Offa, folgst du den anderen in die Wälder", meinte Redwald ernst, als sein Diener ihm den Speer reichte.

"Nein, Herr!", protestierte Offa. Er war so jung, dachte Redwald. Er wusste, dass er auch einmal so jung war, so stur. Trotzdem musste der Junge gehen. Er sollte überleben!

"Du gehst in die Wälder Offa. Keine Widerworte!", blaffte der Kriegsherr mit mehr Nachdruck als erwartet. Er selbst erschrak vor der Lautstärke, die er an den Tag gelegt hatte, doch durfte er das nicht zeigen.

Sein junger Diener allerdings zeigte seinen Schreck und starrte seinen Herrn mit weit aufgerissenen Augen an und schwieg.

"Hast du mich verstanden, Junge!?", fragte der alte Mann nun etwas sanfter.

"Ja, Herr", meinte Offa kleinlauter als noch zuvor und reichte seinem Herrn den roten Rundschild mit dem goldenen Drachen.

Seine Männer und die des Dorfes warteten bereits auf ihren Kriegsherrn. Er ging die Reihe aus Männern, insgesamt vierzig an der Zahl, hinauf und sprach mit jedem ein paar persönliche und ermutigende Worte. Dann ertönte der Alarmruf von Eadwulf, einem seiner Späher. Die Dänen waren gekommen.

Sie tauchten wie geisterhafte Gestalten am Waldrand auf, und sie waren in der Überzahl.

Redwald überschlug im Kopf. Sie waren bestimmt mit der doppelten Stärke gekommen als er sie aufbieten konnte. Sie alle trugen Helme, einige Ringpanzer. Sie kamen geschlossen aus dem Bäumen, wie eine Welle aus Holz und Stahl, die auf sie, den Damm von Icerfleot zurollte.

Aethelred, der junge Fürst stand neben Redewald in der Mitte der Reihe, die lose beieinander stand. Für Wochen hatten sie trainiert und ihre Reihe schloss sich augenblicklich, als Redwald brüllte: "Schildwall!"

Nachwort des Autors

Das Nachwort möchte Ich nutzen, um über die
historischen Hintergründe dieses Buches zu erzählen.
Dieses spielt in der historisch sehr interessanten Zeit
der Wikinger. Den englischen Quellen zufolge brutale
Seekrieger und dämonische Plünderer. Das dürfte
meiner Ansicht auch das erleben vieler gewesen sein,
die zu dieser Zeit unter ihnen zu leiden hatten.
Allerdings waren die Wikinger, ein erstaunlich
einschränkender Begriff für eine so große Gruppe von
Völkern und Ethnien, nicht nur Plünderer. Diese
Schicht bildete eher die Ausnahme und man kann
davon ausgehen, dass ein großer Teil der
Nordmänner ihren Lebensunterhalt auf normale Art
und Weise verdiente. Das Alltagsleben der
Nordmänner ist sicherlich ein interessantes Thema
für ein zukünftiges Buch.

Das Leben der einfachen Leute des frühen und des
gesamten Mittelalters. Das Problem ist, ein Mangel an

Quellen für diese einfache Bevölkerung, weshalb man bei der Betrachtung dieser insbesondere im frühen Mittelalter (nicht umsonst gibt es die englische Bezeichnung „Dark Ages" für das frühe Mittelalter, nicht bezogen jedoch auf den Mangel an Licht sondern bezogen auf den Mangel von schriftlichen Überlieferungen aus der Zeit) Ist es schwer, Fakten fest zu machen und vieles basiert auf meiner Interpretation der mir vorliegenden Quellen.

Das Dorf Icerfleot hat meines Wissens nach nicht existiert. Icerfleot bedeutet, übersetzt aus dem altenglischen, soviel wie „Ackerfluss". Ich fand den Namen passend, da meine Vorstellung von Icerfleot nach Westen und Süden hin zwar vom dichten Wald abgegrenzt, in dem die Schweine kurz vor dem Winter auf Eicheln gemästet werden. Doch im Norden und im Osten ist das Dorf von weitläufigen Feldern und Weiden, die wie Flüsse durch die Landschaft fließen.

Das aber ein Dorf wie Icerfleot existiert hat ist meiner Ansicht nach nicht unwahrscheinlich. Und das ein solches Dorf mit den Wikingern und mit Fehden zu kämpfen hat ist auch keine unbegründete Annahme. Das Buch spielt zur Hochzeit der Wikingereinfälle in die fünf englischen Königreiche, die in den frühen 870er Jahren noch existent waren. Zu eben jener Zeit spielt auch unsere Geschichte. In Kapitel „Januar" wird König Burgred erwähnt. Dieser regierte in Mercia von 852 bis 874 und wurde dann durch einen

Marionettenherrscher des sogenannten großen heidnischen Heers ersetzt.

Auch das Überwintern der Dänen in England ist nachweisbar.

Wie es mit den Charakteren der Geschichte ausgeht, mit Helga, Edgar, Aethelred, Eadgifu und Redwall, das wird in zukünftigen Büchern noch beleuchtet werden.